三谷風子詩集

ワタシ・ミュージアム

MITANI FUKO

表紙原画●――岩田　崇「象・9」
扉イラスト●――著者

目次

ワタシ・ミュージアム

水

形のない形　透明という色　無味という味

水のかたち　I

水面《みなも》がふるえている
水の輪がゆっくりとさざめく
揺れる
波が立ち上がる
大きく崩れおちると
一艘の船が沈む

波が風をはらませて
ついに渦を巻く
天まで届く柱となる
空と地面をねじまげる
わたしのかたちをした水

水のかたち　Ⅱ

蛙のからだに触れる
スポンジのように
たっぷりの水をたくわえている
荒地にあっても

スポンジに吸われて

水は立ち止まる
我にかえる
たっぷりの命をたくわえて
ひとのかたちに流れ出す

美しい水は
生まれたての赤んぼうのかたち
あらゆる未来がとけている

水のかたち（こもりうた）

水はわたしの子宮の形に
くるりくるりと世界をまわる
さがしているのは
失くしてしまった　なつかしいうた

水はふるえる
世界中の音にひびきあう

やがて静まって眠るしずく
みつからないうたが
夢の中でうたっている

むかぁし、むかしの
かあさんがうたう　こもりうた

生まれたい
あたらしいうたがわたしに言う
水はわたしの子宮から流れ出す
明るい方へと

水のかたち（しずく）

答えは落ちてくる雨の中に
このしずくのどこかに

きつね色のコートに雨が染みこんでいく
ぬれながら歩くのはいやじゃない
考えていた考えが雨に流される

頭を打つ雨の一つぶ一つぶが
二つに割れたわたしの心を責めていく
手のひらに受けとめたはずの答えが流れ落ちる

ずぶぬれのコートが雨のかたちで歩いている
しずくはささやく
彼は無数のしずくの中からおまえを見つける
コートは考える
彼はわたしの見ている夢　すぐに目が覚める

この雨は湖へたどりつく
十和田湖の女神を追いかけて
二つの心が走っていく

答えは一つだけ
ひとしずくを見つけられない

※十和田湖の女神　「赤神と黒神」という東北の昔話から。

森

一千年の年輪の中へ降りていく　らせん階段がある

ひかげ

生姜をいれた紅茶を飲んで
体温を一度上昇させようとする試み

地球は温室になったというけれど
地球の手足は冷えている

基礎体温は下がり続ける
月経が止まる
わたしの卵は閉じこもって出てこない
おねだりをあきらめた子供のように

ストーブに手をかざす
なかなか暖まらない過疎の村を
もてあます長い夜

からっぽの家にあかりを点けて
村じゅうの家を光らせて
こどもたちの笑いが聞こえてくるなら
村いっぱいに
ひなたのにおいが立ち込めるだろう
お日様はたまご色

お母さんって呼ぶときの
気持ちを忘れてしまった

早く暖まらなければ
ひだまりへ行かなくては

しるし

生まれたての赤ちゃんに
ほくろがないと知ったのは
産んだあと
お風呂に入れると
はじめはちょっぴり緊張しているけれど
（むう）という口の形をして
すぐに目を閉じた
生まれる前の日々を思い出しているみたい
顔を洗い、おなかを洗い、おちんちんを洗ったら
ひっくり返して赤い背中を洗う
やっぱりほくろは一つもない

でも、ふとももに小さなあざが一つ
生まれつきのものだ
わたしにも　わたしの母にも
同じところに同じあざがあって
その形は
くずし字の漢字のように見えるけど
幸という字に読めなくもない
辛という字に読めなくもない

すべてのいとおしい子どもたち
辛いことのあとには必ず幸せがくる
しるし
と
祖母が、母が、言いました

つぼみ

桜のつぼみを　見上げて
その幹に
触れてみる
臨月の女にも似て
熱く熱く
根から枝先　すみずみに

薄紅色が　満ち満ちて
桜は　黙している

こども

細長い時間をかけて
らせんを降りてくる
わたしの子

今までかいたことのない
多量の汗にまみれて
すでに痛みは痛みではなく
待つことそのもの

出ておいで（いきむ）
出ておいで（いきむ）

これは作業ではない
さかなが水の中で息をするように
とりが空を飛ぶように

するりと頭が抜け出たとたん
おぎゃあ
はじめての息
はじめての叫び

はじめて見つめあう
わたしとわたしの子
大昔から未来までつづく
あたりまえの愛のしぐさで

きいろ

きいろいはなをつんで
またきいろいはなをつんで
わたしといもうとは
はるのかわはらに

きいろいはなをつんで
またきいろいはなをつんで
わたしといもうとは
はるのかわはらに

きょだいなきいろのかたまりをつくる
はなはすべておもてをむけて
おつきさまからもみえるよう

ゆうひがしずむ
かえりみちふりかえりふりかえり
はしのうえからも
きょだいなきいろがよくみえた

（うちゅうが片目をあけている）

わたしといもうとはそらをみあげ
おそろしくなってはしってにげた
わたしたちは　きいろい

きょだいなきいろのかたまりは

よるになるとひかりをはなった
スプートニクにのったいぬからもみえるよう
（うちゅうが両目をみひらいている）

あの山

朝も昼も夜も
窓をのぞけば
そこにいる
冬には　まっしろの
春には　緑の風を連れてくる
夏には　入道雲の影を映し
秋には　紅を織りなす

幼いときから
なにげなく毎日みている
言葉ではない祈りを

語りかけている

あの山に登ったことがありますか

長い長い夜のあと
待ちこがれた朝日がやってくる
あの山のむこうから

今日は昨日よりいい日になる
明日は今日より好きになる

あの山に登ろう
からだじゅうに力をためて
明日からのわたしに会いに行こう

緑

深山の道端に寝ころぶとわたしは根をはり空へと伸びて葉を広げる

さくらがさけぶ

いちどにさけぶ
さくらのはなが

みみをふさげど
ふせぎきれない

にげだしても
またそこにさくら
さくらさくざくざく

にほんのくにで

ぜんいんがさけぶ
わたしはきえてしまいたい

いちどにさけぶ
みんなでさけぶ
おなじいろで
おなじこえで

ちがうことばを
はなしてもいいですか
ちがったこえのひとを
すきになっていいですか

さくらいろにそまらない
わたしはもっとつよい

わたしはちいさな樹木だけれど

節だらけの
虫食い葉っぱの
折れたり曲がったり
悩んでばかりでまた伸び悩む

きつつきが穴をあけ
むささびが住みつき
かぶとむしが樹液を舐める

まっすぐに伸びる木ではない

わたしは

お日さまと見つめあう
土砂降りと愛しあう

風になりたい

風になれるわけなんかない
すれちがうトンボが笑う
仰いで見る空はわたしのものじゃない
行く手をさえぎって飛ぶバッタ
同じ速度で前へ飛んでも
モンシロチョウと同じ景色は見えない

しろい草花を　踏みつけて
手にした林檎を　腐らせて
くもった視線を　携えて

地球のうえに立っている
骨も血も肉もあなたにあげる
風になりたい

アヒル

今日は　定時に帰ろう
夕焼けに染まった　雲を見あげて
黙りこくった　重たいくちびるを
肩掛けカバンにぶらさげて
寄り道しよう

山の奥にある賢治の童話のようなレストランで
メニューの上の読めない文字を指さす
注文のない　レストラン
冷えた空気が　おいしい
読まなくていい　何も読みたくないなら

書かなくていい　何も書きたくないなら
閉じた口を開けて
大あくびをすることすら
骨を折る

窓の外では
小さな庭の小さな池で
小さなアヒル一匹まるごと
凍りついている

小さな声

黙っていたいとき水族館へ行く
ほの暗い通路に立って
海の生き物の
生暖かいにおいを深呼吸する

もしもし。と声がして振り向くと

小さなさかなが小さな声で話し始める
とても小さな声なので
立ち止まらないと気がつかない
とても小さな声なので

わたしは身体ごと耳を傾ける

ワタシを覚えていますか
ワタシはアナタをよく知っています
個性の強いアナタですから
口元から黒いアクが流れ出し
言葉にトゲがいっぱいでした

ちくんちくん。とさかなは顔をしかめて

大きな声で大きなことを話すと
人は大きく見えますが
大きな人は本当に大きいのでしょうか

さかなに見つめられて
わたしは小さくなった

シベリア

この道はシベリアパンに似ている
白くて茶色のもさもさ積もった雪に
べとりべとり足が沈む
靴下に雪が入る
ちびたいちびたい
足が冷えるとお腹が冷えて
わたしは次第に動きを止める
とかしたロウが固まって
乱れた顔のまんまで

動けなくなったのでただ考える

シベリアの寒さはこんなもんじゃないだろう
みなみの国で生まれたひとが
あんな北の町で生きている
おとといから止まない雪をじっと見る
降り積もる（愛）
降り積もる（愛）
青白いあのひとの顔を思い浮かべる

さてここで止まったらわたし本当に死んでしまう
あの北の町へ行こうかあなたに会いに
目玉を動かす耳をそばたてる
ロウが割れて皮膚から剥がれる
もう茶色のところがない雪に足が埋まる
でもこれが一歩
なんて遠いシベリア

※シベリアパン　羊羹をカステラにはさんだ日本のお菓子

わたしとは

つらいことはいやよたのしいことがすきよ
すきなものだけがすきよ《わたしのばか》

Ｙｅｓ

まちがった場所にいる
心の５分の４をＮｏが占めている

どうして人はまちがった場所から逃げ出さないでいられるの

わたしはほほ笑んで
ありったけのやさしい気持ちを捨てていく

小さなＹｅｓ
小さなＹｅｓが世界のあちらこちらでわたしを待っている
それは必ずしもいつも見つかるわけじゃない

立ち止まってしゃがみこんで横たわって初めて見えてくるＹｅｓ
言い返す声も出ないほどわたしを叱咤したあとの
あの人の瞳のなかに赤いＹｅｓが浮かび上がる
大切なものを裏切って手に入れた何より大切なＹｅｓ
誰かの涙なんか知らない

わたしのＹｅｓ
六等星でつくられた一つの星座のような
ねこじゃらし
あかまんま
なずな
おおばこ
かたばみ
つめくさ

Ｙｅｓわたしはわたしの一番底でわたしに忠実でいたい

Ｎｏまちがった場所でもいい
ここにいる
居続ける

※この詩は、オノ・ヨーコさんの作品「Ceiling Painting」からのイマジネーションです
白い脚立を登って白い天井を虫メガネで見ると、そこには小さな文字でＹＥＳと書いてあるのです

透明なとり

真夜中　透明なとりがやってきた
わたしにしか見えない
わたしにしか聞こえないしろい声で
とりは鳴く

わたしの指先から
見えない枝が萌えてくる
その枝に
とりが留まる

わたしの背後に立っている

あなたの肩からも
透き通った幹が伸びている

ちいさな山のちいさな木立のなか
わたしたちはからみあう二本の木

朝日がのぼってくる
わたしの枝に留まって
とりは歌う
あからさまな恋の歌を
歌う声を持たない
まっしろなわたしの代わりに

わすれない

わすれないとちかったのだけど
いつまでおぼえていられるだろう
おもいだせない
ゆうべのこと
わたしがほどいたねくたいのいろ
すげかえてあいしたくびはだれ
くさりはじめるのはどこからだろう
ゆびさきそれともらんそうから
ゆっくりとじぶんのからだをなでてあげる

あいしているならいますぐに
わたしはあなたのめのうちがわでほほえんでいる

メモリ

わたしがしんだら
わたしのきおくはきえてなくなる
だれかがわたしをおぼえていても
それはだれかのきおくであって
わたしのきおくではないあたりまえ
わたしがあなたをどんなにあいしたか
それをあなたがおぼえていても
それはあなたのきおくであって
わたしのあいじゃない

わたしのあいは

くうきみたいにめにみえないの
わたしのあいは
かわにながれてしまうから
あなたのてにはのこらない
さらりさらり
とおりすがっただけよ
おなじじかんのほとりで

（あなたのしらないかみさまのうみには
ながれついたわたしのあいがみちている
しんでもあいしてるあなたをずっと）

ここにいない

わたしの頭上　天使の輪っかみたいに
わたしのきもちは　浮かんでいる
それが　あなたに見えたらいいな

わたしの三メートル後ろに　鏡が一枚立てかけてある
わたしの本気が　映っている
それが　あなたにわかるといいな

あなたがここにいないことが
わたしをまっすぐ歩かせる

落ち込んで泣きたくなって
大きな川の前で立ち止まっても
飛び込みはしない

ここにいないあなたの手が
わたしを止めてくれている

あなたが遠くでわたしを見ている
見えないわたしをじっと見ている
空からあなたの視線が降りそそぐから

顔をあげて笑ってみせる
あなたのキスを受けるように
空へむかって目を閉じてみる

耳のないうさぎ

かたっぽの耳を拾った
雨の日
びしょぬれの耳たぶをハンカチで拭く
わたしの耳に押しあてると
ここにはないもう片方の耳の聞いている音が
糸電話になって聞こえてくる
雨の音
水たまりを飛び越える足音
玄関の扉を開ける明るいひびき
ただいまという声は
耳を落としたあなたの声だ

出迎える家族の笑う声
蛇口から水しぶき
ガラスのコップから水を飲み干すごくんごくん
遠くから漏れ聞こえる日常を
息もつかずに聞いているのが
わたしの日課になった
わたしの立てる音と
あなたの立てる音の
不協和音に黙って耐えて
眠れない夜には
あなたの心臓の音を数えないではいられない

今日も聞こえてくる
聞いたことのない骨にしみいる音楽
あなたがわざと落とした
片耳から

サバク・ソング

すきで　すきで　何度も聞いていたら
その歌に出てくる男のひとが
あたりまえのように現れました
悲しい歌がつれてきた恋

あなたの砂漠とわたしの砂漠は
とても離れているのです
出会うはずはなかった
別々に懸命に生きてきた長い長い時間が
わたしをあなたから隔ててきたのです

近づけば遠ざかるあなたの手に
触れることができたとしても
あなたの目にわたしが映ることはないのでした

あなたの目に映る夜空をながめます
わたしの砂漠の夜空です

あなたがわたしを否定しても
同じ夜の暗闇を生きてきた長い長い時間を
わたしは知っているのです

あなたはわたしのものでなく
わたしはあなたのものでした

ミッシングピース

沼の底の遺跡から
掘り出された　太古の土器の　かけら
見つからないピースを想像でおぎなって
組み立て直され
一つの器として博物館の棚にある

これは　わたしが
毎朝　村はずれの井戸へ水汲みにでかけた
わたしの水瓶だ
あれは　あなたが

一日かけて仕留めた獲物を　家族のためにさばいた
あなたの斧だ

はたらくとは　泥にまみれて汗をかくこと
はたらくとは　わが命のため血にまみれ他の命をうばうこと

行きたい場所へは歩いていく
いとしいひとを抱きしめるために
ひたすらに自分のからだで生きていた
それ以上の幸せはあるか

わたしの家は
小さな沼の底に沈んでいる
忘れさられた遺跡の村で
わたしは聞いている
ぎんやんまが飛び回る沼の静けさを

わたしは眺めている
水の中から空のむこうを
赤い金魚になって
生きている

石

黙っている石だけを　川原へ投げ捨てる

キズナめる

ヒトは強い　とテレビが言う
キズナといろんなひとが口にした
傷を舐められるような気持ちがして
耳をふさいだ
傷が治るからキズナだろうか
傷を無くすからキズナだろうか

なんの被害もない町で
なにも変わらない時間をすごし
なんにもできないから　と
うごかないでいるわたしは

誰ともつながらないでいるから
「Ｆａｃｅｂｏｏｋ」から
早く友だちを見つけろとせっつかれている

ともだち　いらない

何百人もの何千人ものトモダチが攻めてくる
手に手にみんなキズナを持って

知らないあなたのことを考えている
なにもできないわたしを
ともだちと呼ばないで
いつかどこかで会うかもしれないそれまで

閉じる扉にご注意ください

急速に閉じていくワタシの背中を
後ろから押さえるワタシがいる
橋の上からもつれ落ちるワタシを
橋の下で受け止めるワタシがいる
たくさんのワタシが
滝となって流れる川をのぞき込めば
急速に閉じていくワタシの影が川底に
次から次へと流れていく魚色の影を
息もつかずに見つめているワタシの影が
うすくなっていく

ワタシは消えない
逃げるワタシを追いかけるワタシを捕まえるワタシを
抱きしめるワタシを振りはらい
たくさんのワタシが
まっくらな川のほとりで
急速に閉じていくワタシの耳をこじ開ける

もうウタは聞こえない？

ワタシはどこにいる
あかるい部屋の真ん中の
巨大なまゆから　くぐもった歌が鳴る
ワタシはどこにいる
うばうワタシともらうワタシとあたえるワタシと
何ももたないワタシと

記憶なんかもういらないワタシが
突然そらから現れて
一度も開くことのないとびらを
閉じる

居もしない男

（すいっち　おん）
詩を書き始めると
どんどん熱くなってくるのだという。
あまりの熱さに
服を一枚、また一枚、脱いでいくのだという。
裸になって大汗をかいて
ペンを走らせていく
男の姿を想像する。まよなか。

現実に存在するわたしは
妄想の花をむしり

壁を這いまわるムカデを無視し
居もしない男の首に手をかけて、考える。
男は居る。居ると思う。
今さっき、ここから飛んでいったのは、私？

うっかり飛ばした赤いふうせんを
りんごと思ってカラスがつつく。
ぱあん　と　ふうせんの割れる音。
からっぽになったのは、私？

光らない石
ふるさとの浜辺のみどりの石を
持てるだけポケットに詰めこんで
からだを重たくしておけば、もう私は飛ばないだろう。

（あの男が苦しげに寝返りをうつ。まよなか。）

さむい。
さむい。
ポケットに手をいれて取り出した石は
ひらたくつめたいコトバに変わる。
私はうそをつき続ける。石を放り投げながら。
さむい。
書けば書くほど
凍えて固まるコトバを
男は信じてくれるだろうか。

（あの男が目を覚ます。まよなか。）

汗をかかない、
風邪をひかない私は
高熱にうなされて寝ている男の

夢のなかで生きている。のだ。
（すいっち　おふ）

トーマス

百円で動くきかんしゃトーマスが子どもを乗せる
動き出す
とはいうもののその場で揺れているだけだ
トーマスはどこへも行っていない
小さなハンドルを握りしめ男の子はうれしそう
イギリスの田舎の風景が彼には見えているんだろう
イクゾー！とかサイコーだね！とか叫んでいたトーマスが
最後にこう言う

もうすぐ終点です

見ていないことを見たかのように
解説するテレビの中では
たくさんのうそがほんとうに見えるけれど
ドキュメンタリーフィルムに映し出された
第三世界の小さな村で
奇跡的にひとり生き残った母親が語っている
（たすけてママ）
（ひまつぶしのみなごろし）
これがうそなら　どんなにいいだろう

もうすぐ終点です

テロリストではありません
わたしはレジスタンスです

もうすぐ終点です

とはいうもののその場で揺れていただけだ
トーマスはどこへも行っていない
でもここで足踏みしているわたしにも
ようやくレールが見えてきた

のどかなデパートに飛行機が飛び込んでくるかも、あした
ビルごとスローモーションで崩れ落ちるかも、あした
にんげんがにんげんを殺しつくすかも、あした

またあそぼうね！バイバーイ！
バイバイ、トーマス、またあした
すきなひともきらいなひとも、もう殺されませんように

ハッピーエンド

めでたしめでたし。
で終わる物語を聞き終えると
こくんと子どもは寝入ってしまった

冴え渡る闇夜
眠れない母親は
そのあとの物語を知っている
子どもに語って聞かせない
こわい話

母親は子どもに
サンタクロースを信じ込ませる
ほら、鈴の音が聞こえるでしょ
うさぎは青い上着をきて
くまはおわんのスープを飲み
こぶたはレンガの家に住んでいるのよ

大人になった赤ずきんは
赤いフードをもうかぶらない
オオカミと会話を交わすこともない
ハッピーエンド目指して
普通の王道を行く

悲劇には白いハンカチをかぶせてある
母親はハンカチを手にとって
すすり泣いてみる

子どもに語って聞かせなかった
自身の物語のために

めでたしめでたし。
そのあとの物語は
まだ　終わらない

恐竜博物館

おびただしい骨の（アンキケラトプス）
ひとつひとつに名前がついている（イグアノドン）
早口言葉のような名を（ウルトラサウロス）
ひとつひとつ声にだして（エウオプロケファルス）
子どもたちは博物館を読んでいく
一冊の本のように（オビラプトル）

人間のいない地球が（ガルディミムス）
地層の中に埋もれている（ギガノトサウルス）
はるかかなたに流れていた時間を
呼び出す呪文（クリョロフォサウルス）

大人たちも　骨の名前を　口ずさむ（ケラトサウルス）

大きなからだに　小さなあたま（コンプソグナトス）
今日も昨日も明日もあさっても（サウロロフス）
大量のディナーを探し求めて（始祖鳥）
シンプルな悩みを悩み（ステゴサウルス）
消え入りそうなモノトーンの夢を見て（セイズモサウルス）
ジュラ紀のながいながい夜を（タルチア）
恐竜たちは眠り続ける（チンタオサウルス）
骨になった今も（ディプロドクス）

やがて石になった骨（トリケラトプス）
土の中から目を覚ませ（ナノティラヌス）

ずしんずしん　足音が聞こえる（ニッポノサウルス）
大地を揺らして　近づいてくる（ヌロサウルス）

シダの大森林をぬけ（ネメグトサウルス）
砂漠の海原をこえて（ノアサウルス）
やってくる　骨の群れ（パキケファロサウルス）

人間の子どもがはしゃぐ（ヒプシロフォドン）
こわいものなど何もない（フクイリュウ）
恐竜の足元を迷路のようにくぐりぬけていく（ペレカニミムス）
だけど、どんなにうるさい悪ガキも（ホマロケファレ）
T－REXの骨の前では黙りこむ（マイラサウラ）
神妙に骨を見上げる
自分より強いものに初めて出会った顔で（ミンミ）

この館は恐竜たちの墓地だから（ムッタブラサウルス）
ひとつひとつにロウソクを灯したくなる（メガロサウルス）

生きていたのだ　ほんとうに（モノニクス）

死んでしまったのだ　ひとり残らず（ヤーベルランディア）

生きていた
歩いていた笑っていた歌っていた泣いていた（ユタラプトル）
骨は　骨は語らない（ラブドドン）
骨は　忘れない（リオアリバサウルス）

わたしたちは　やっと思い出す（レソトサウルス）
はるかかなたジュラ紀を呼び出す
呪文を唱えて（ロエトサウルス）
恐竜博物館へ行く（ワンナノサウルス）

しゅるれありすむ

緑の羽根を纏うティラノサウルスは
摺り足で歩く四足の生き物だと
二十一世紀の偉大な先生が言い澱む
ヴィーナスは創造神を盗み見ることを止めてしまった
ティラノが歩いてもヴィーナスが歩いても
もとの場所へいつか戻るまあるい地球では

今は昔、平たい地球の海辺から掘り出される
ドラゴンの小骨は巨大なパズル
ドラゴンが血を吐く
ドラゴンが痴を吐く

ドラゴンが知を吐く
ドラゴンは何を吐いたっていいことになっている
しゅるれありすむの地球では

恐竜たちの謎は失われた、ドラゴンは死んだ
暗黒の地図は隙間なく書き込まれ光が射している
新しい世紀がやってきては過ぎ去る
うるう秒が飛び乗る正確な時計
下から上へ、未来から過去へ
時間が流れるまあるい地球では

親愛なるあたしのドラゴン
親愛なるしゅるれありすむ
地球の端っこに人魚が腰かけている
地平が傾いて落っこちそうになって
人魚は恋人の足首を掴む

ごろごろ転がる革靴の男たちを横目に
裸足の恋人は平たい地球の裏側へ
彼はオリーブの木の下にいる
蒼空を真下に仰ぎながら

家族

さかのぼる川のほとりに死者だけがいる

裸足

服は脱がなくていい
あなたの裸足が見たい
ふいふいふい、かじかがえるが鳴いている
川の流れにあなたの足をひたす

昨日まで氷だった水を掬って
お飲みなさい
乾いた岸辺でわたしは言う
川の流れに逆らって
白い目のさかなはのぼる上流へ

川の流れは止まらないからあなたはうそをついているから
飯盛り女が旅人の足を洗うように
あなたの影に寄り添うことがもうできないから
川の流れをせき止めて

かじかがえるが黙り込む
せせらぎが消える
長い一瞬のあと
濁流があなたを飲み込んでいくのをじっと見ていた

一足の革靴がきちんと並んで残されている岸辺に
あなたとわたしの傷ついたうろこが散らばる
ふぃふぃふぃ、かじかがえるが鳴いている
あした凍りつく川の流れに
スカートをたくし上げて
わたしは足をひたす

あ詩か

大きなたらいにあしかを入れて
おばたちが四人がかりで運んできた。
一メートル弱のあしか（まだ子どもと思われる）を焼いて
法事のメインデッシュにするのだ。

さあ、料理をはじめてちょうだい。
と、わたしに言いつけて、おばたちは台所から出ていった。

まだ生きている、どころか、あしかは元気いっぱいだ。
たらいから飛び降り、わたしのお腹に頭をすり寄せる。
先祖代々のレシピによれば

あしかを生きたまま、小麦粉の生地にくるんで、
ごくゆっくりと火を強めていく。とある。
よしよし、ねんねしな。
幼い子を寝かしつける要領で
横たわるあしかに、掛け布団のように生地をかぶせる。
殺されるとは知らないで
にこにこと、あしかはわたしを見る。

ひいおばあちゃんは
あしかのステーキが大好物だったと聞いている。
大昔は寒かったから
あしかは貴重な熱エネルギーだったことも知っている。
うだるように熱い現代で
あぶらみだらけのあしかを
喜んで食べたがるひいまごは一人もいないけれど。
それでも一族が集うたびに、一頭のあしかが用意された。

うまく調理すれば、一人前とみなされる。

にこにこと、あしかはわたしを見る。

食べ残すだけなのに。
この子は殺される。
わたしが殺す。
殺す・・・なんて、できない。

あしかのひれを力いっぱい引っ張り起こす。
あしかを連れて、裏の戸口から外へでた。
二度とこの家へもどることはできない。
わたしは、あしかと並んで、海へと向かった。

おじちゃん

分厚い真綿の布団に
空は覆われていた
おじちゃんの体に火がつけられると
煙になって空へのぼったおじちゃんが
大きな腕をのばして
雲に裂け目をつくり
そこからこじあけて
青い空とお日様を取り出した
おじちゃんの家からも見える
魚津の山の天辺に
降ったばかりの雪が積もっていて

きらきらきらきら輝きだした
おじちゃんは
最後の最後にこの山が見たかったんだね
楽しげに山の向こうへのぼっていく
あたしが思わず手放した赤い風船みたいに
だんだんと小さくなる
消えていく
おじちゃん

病院へお見舞いに行く

こんにちは
一日たって一日年を取った　お母さん

人間は進化を遂げてきたというけど
病の前では　原始的にからだが痛む
チューブがつながっていようがいまいが
特効薬が効こうが効くまいが
一日たてば一日死に近づいていく
それは健康なわたしも
病気のあなたも同じこと

病院は　生きる力に満ちてます
落ち込んでいるときも
痛くて痛くて死にそうなときも
生きたい
と心から願って生きている

病院は　明るいところです
一晩中忙しい　ナースステーション
若い看護師さんがケラケラ笑い飛ばすのは
死神のささやきや
見栄っ張り、嘘つきのつらの皮

ここではすべてが　裸です
ひとのからだは　嘘をつかない

退化していくわたしたちは

手を握りしめてお互いの体温を確かめ合う
あなたとわたしは
野生のけものの親子です
昨日より今日
小さくなっていくあなたが
いとおしくてなりません

丘の上

証言1

丘の上の霊園は植物園を兼ねていて
季節の花が咲きみだれているのです
（ことに春のさくらは見事）
ここは見晴らしもよくて
青空を二分する飛行機雲の真下に
死者たちの生まれ育った町が見おろせます

夕暮れ時には
一千人の死者たちが

西を向いて石に腰かけているので
軽く会釈をして通り抜けるのです
声はかけず
目は合わさずに

証言2

丘では町より気温が一度低いから
その分冷たい風が吹きます
風が止んでも
誰の視線も感じられない
ここには
二千の瞳が埋まっているというのに

おばあちゃんが言うのです
死んだ人と口をきいてはいけません
いいえ、独り言をつぶやいただけ
誰の声も聞こえません
いいえ、返事が一つ
聞きとる前に言葉は風に流れされていくのです
いつものように

あとがき

新型コロナウイルス禍というへんてこな時間の中で自作の詩を並べて（言葉）とか（自分）とか（詩人）とかと向き合いました。頭の中で鳴り響いていた曲は映画「サウンド・オブ・ミュージック」の「わたしのお気に入り」。自分は本作りのような繊細で冷静で忍耐の必要な作業に向いていないと痛感しつつ。

怠惰なわたしのお尻をたたいて、励まし、たくさんのかけがえのない助言をくださった尾山景子さんと井崎外枝子さん、能登印刷出版部の奥平三之さんに心より感謝申し上げます。

この本はわたしのお気に入りどころか一生の宝物になりました。

闘病中のシンガーソングライター、谷山浩子さんと谷山浩子クラスタの友人たちに捧げます♪

三谷風子

三谷風子詩集「ワタシ・ミュージアム」

新・北陸現代詩人シリーズ

2020年11月12日発行

著者 三谷風子

編集 「新・北陸現代詩人シリーズ」編集委員会

発行者 能登健太朗

発行所 能登印刷出版部

〒920-0855 金沢市武蔵町7-10

TEL 076-222-4595

印刷所 能登印刷株式会社

ISBN978-4-89010-779-7